AF496146

LA FÊTE DE FLORE,

PASTORALE EN UN ACTE;

REPRÉSENTÉE, DEVANT SA MAJESTÉ, A FONTAINEBLEAU,

Le Jeudi 15 Novembre 1770.

DE L'IMPRIMERIE

De P. ROBERT-CHRISTOPHE BALLARD, ſeul Imprimeur pour la Muſique de la Chambre & Menus-Plaiſirs du Roi, & ſeul Imprimeur de la grande Chapelle de Sa Majeſté.

M. DCC. LXX.

Par exprès Commandement de Sa Majeſté.

Yf 7948

Les Paroles ſont de M. de SAINT-MARC.

La Muſique eſt de M. TRIAL, Directeur de l'Académie-Royale de Muſique, & de la Muſique de S. A. S. Monſeigneur le Prince DE CONTI.

Les Ballèts ſont de la compôſition de M. de LAVAL, Maître des Ballèts de SA MAJESTÉ.

LA SÇÊNE EST EN THESSALIE.

Ce petit ouvrage n'a point été fait pour paraître seul. Il devait être suivi d'une Comédie-Ballet, en un acte, & d'un Ballet-Héroïque, aussi en un acte; & former ainsi un spectacle complet. On y trouvera l'interêt faible, les moyens petits, & on verra qu'il n'a pu prêter qu'à un caractere de musique. Voilà des deffauts bien réèls dans cet ouvrage, donné seul; & l'auteur, qui voulait que ces trois petits Opera se fissent valoir successivement, connaît d'autant mieux ces deffauts, qu'ils ont été volontaires. L'intérêt de l'action dans la Comédie-Ballet, une scêne absolument neuve & prêtant aux effèts de la musique, en eussent frappé davantage : enfin la vivacité de l'action, la continuité d'intérêt, la nouveauté du Spectacle, & le dévelopement préparé des differents caracteres de la musique, eussent vraisemblament produit de grands effèts, dans le Ballet-Héroïque. Mais la Fête de Flore était, de ces trois ouvrages, le seul mis en musique. On l'a demandé pour la Cour : l'amour-propre a dû se sacrifier.

PERSONNAGES CHANTANTS DANS LES CHŒURS.

Les Demoiselles.

Cannavas.
le Monier.
Favier.
Bertin.
Mezière.
Camus.
Dubois *Cadette*.
Bouillon.
d'Aigremont.
des Jardins.
du Mats.
Aubert.

Les Sieurs.

Joguet.
Bosquillon.
Cachelievre.
Cochois.
Cuvillier.
Fleuri.
le Begue.
Bazire, l.
Besche, 3.
Camus, l.
Vendeuil.
Pierrecourt.
Abraham.
l'Evesque.
Guerin.
Roisin.
du Rais.
Surville.
Charles.
Joli.
Marcou.
Coussi.
Bazire, c.
Puceneau.

ACTEURS CHANTANTS.

FLORE,	la Dlle. Rosalie.
HYLAS, *berger, amant d'*EUCHARIS,	le Sr. le Gros.
EUCHARIS, *bergere, prêtresse de* FLORE,	la Dlle. Beaumesnil.
CÉPHISE, *bergere coquette,*	la Dlle. l'Arrivée.

(*La guirlande d'Eucharis doit être blanche ; celle de Céphise couleur de rôse ; celle d'Hylas verte ; la guirlande, supposée de Daphnis, jaune & violette.*)

PERSONNAGES DANSANTS.

BERGERS & BERGERES.
Le Sr. VESTRIS, la Dlle. GUIMARD.
Le Sr. GARDEL, la Dlle. D'ERVIEUX.
Le Sr. SIMONIN, la Dlle. DU PEREI.
La Dlle. NIEL.
Les Srs. le Lievre, Gallet, Rogier, Trupti.
Les Dlles. Gaudot, Blondeval, Gillsenan, Adeline.

PASTRES & PASTOURELLES.
Le Sr. D'AUBERVAL.
Les Dlles. ALLARD, PESLIN.
Les Srs. Béate, Dossion, du Bois, Granier
Les Dlles. le Clerc, la Fond, Sidonie, de l'Orme.

LA FÊTE DE FLORE, PASTORALE.

Le théâtre représente un boccage, au fond duquel est une espece de sanctuaire, où il y a un autel, sur lequel est la statue de FLORE. *Il y a, à ce sanctuaire, deux autres entrées, ou passages, formés naturellement par le jeu des arbres, de manière qu'on puisse aller à l'autel, & revenir sur le devant de la scène par ces passages, ainsi que par le sanctuaire même. Au pié de l'autel sont plusieurs guirlandes & couronnes, composées de toutes sortes de fleurs. Sur un des angles du devant de l'autel sont deux guirlandes enlacées, l'une blanche, & l'autre verte.*

SCÈNE PREMIÈRE.

CÉPHISE, *seule.*

AMOUR, Amour, prête-moi tous tes charmes :
Lance par moi tes traits vainqueurs.
Sans éprouver ton trouble & tes vives allarmes,
Que je les porte au fond des cœurs.

Avec plus d'art, l'heureuſe indifference
Uſe des moyens de charmer :
C'eſt pour mieux ſervir ta puiſſance
Que je ne veux jamais aimer.

Hylas a le cœur tendre, & je n'ai pu lui plaire :
Trompé par mon adreſſe, il a fui ſa bergere ;
Mais, en ce jour de fête, il revient plus épris ;
Il unit ſon hommage à celui d'Eucharis :
Suivons, pour me venger, le dépit qui m'éclaire.

(CÉPHISE, qui a ſa guirlande à la main, la joint à celle D'HYLAS, & met du même côté, mais, ſur le derrière de l'autel, la guirlande D'EUCHARIS, en y joignant celle de DAPHNIS.)

(On entend une simphonie, qui annonce les bergers.)

Mais déjà nos bergers s'avancent vers ces lieux.
Pour remplir mes projèts profitons de nos jeux.

(Une troupe de bergers, de bergeres, de pastres & de pastourelles porte, en dansant, au pié de l'autel de nouvelles guirlandes & de nouvelles couronnes de fleurs.)

SCÈNE SECONDE.

EUCHARIS, BERGERS, BERGERES, PASTRES, PASTOURELLES.

CHŒUR.

RIVALE de la jeune Aurore,
Fille rïante du printems,
Reçois de nous, charmante Flore,
L'hommage pur de tes présents.
Il n'est point de plus doux encens
Que les fleurs, que tu fais éclore.
(*On danse.*)

EUCHARIS.

Un dieu bienfaisant
Forma la nature :
La terre, en naîssant,
Te dût sa parure.
L'amant de Thétis,
Au sortir de l'onde,
Éclaire le monde,
Et tu l'embellis.

CHŒUR

Reçois de nous, charmante Flore, &c.

EUCHARIS.

De tes dons brillants
Vénus se couronne ;
Les tendres amants
En parent son trône :
Le plaisir toûjours
En fait, sur tes traces,
L'ornement des grâces,
Les nœuds des amours.

Un dieu, &c.

CHŒUR.

Rivale de la jeune Aurore, &c.

EUCHARIS.

Heureux habitants de ces lieux,
C'est assés célébrer votre reconnaissance.
Allés joüir des biens que Flore vous dispense:
Je vais lui présenter vos vœux.

SCÈNE TROISIÈME.

EUCHARIS, *ſeule.*

AH, qu'un cœur tendre eſt un cruël partage,
Et qu'on ſouffre en aimant des tourments rigoureux,
Lorſque nos peines ſont l'ouvrage
De l'objet même de nos feux !

(*Appercevant la guirlande d'*HYLAS *jointe à celle d'une autre bergere.*)

Mais que vois-je ? quel prix de mon ardeur ſincere !
La guirlande d'Hylas jointe, par mille nœuds,
A celle d'une autre bergere !

SCÊNE QUATRIÈME.

EUCHARIS, CÉPHISE.

CÉPHISE.

DE ce jour, fait pour le plaisir,
Pourquoi ne pas goûter les charmes?
Dans vos yeux j'ai lu vos allarmes:
Je viens les partager, je viens les adoucir.
Votre tristesse
S'accroît sans-cesse;
Parlés sans détour.
Prêtresse de Flore,
Seriés-vous encore
Victime de l'Amour?

EUCHARIS.

Hélas!

CÉPHISE.

Le tendre Amour vous forma pour sa gloire;
Non, la belle Eucharis n'aime point vainement.

EUCHARIS.

Céphiſe ! . . Hylas eſt inconſtant.
Ah, qu'il m'en coûte pour le croire!

CÉPHISE.

Regretter un perfide amant
C'eſt mériter une nouvelle offenſe.
Les pleurs que l'amour répand
Font la gloire de l'inconſtance.

EUCHARIS.

Eh, comment de l'ingrat perdre le ſouvenir?
Ah ! de mon cœur je ne puis le bannir.

CÉPHISE.

De la fleur la plus belle
Voyés le deſtin.
Chaque matin,
Une rôſe nouvelle
Pare notre ſein.

Le plaiſir, comme elle,

Au gré des amours,
Change tous les jours.
De ce bien ſuprême
Sachons nous ſaiſir :
Qu'importe qu'il ſoit le même,
Si c'eſt un plaiſir ?

EUCHARIS.

L'amour leger & volage
N'a que de trompeurs attraits :
Pour plaire aux cœurs qu'il engage,
Du bonheur il offre l'image,
Mais ne le donne jamais.

CÉPHISE.

De la fleur, &c.

EUCHARIS, *appercevant* HYLAS.

Que vois-je ? o dieux ! Hylas s'avance.
Pour lui cacher mes pleurs, évitons ſa préſence.

SCÊNE CINQUIÈME.

CÉPHISE, HYLAS.

HYLAS, *à* EUCHARIS, *qui ſort.*

BELLE Eucharis, hélas, quelle injuſte
rigueur !
Eh quoi, vous me fuyés ?.. o tendreſſe fatale !

CÉPHISE, *à part.*

Vengeons-nous, je le dois : détruiſons ma
rivale ;
Ma gloire l'ordonne à mon cœur.

(*à* HYLAS.)

A nos deſirs, berger, vous daignés donc
vous rendre !
La joie enfin renaît dans nos cœurs at-
tendris.

HYLAS.

Ah, si je vous suis cher, parlés-moi d'Eucharis.
Parlés ; ne dois-je plus attendre
Que des rigueurs & des mépris ?

CÉPHISE.

Loin de succomber à ses peines,
L'amant, qui gémit sous ses chaînes,
Ne doit songer qu'à les quitter.

L'Amour a des aîles
Pour fuir les cruëlles :
Il faut l'imiter.

HYLAS.

Quelle beauté pourrait encor me plaire?
Eucharis trahit ses serments.
Il n'est plus de tendre bergere,
Plus de bonheur pour les amants.

Quoi, je n'ai donc plus d'espérance ?

CÉPHISE.

L'Amour vous offre une vengeance,
Qui vous servira mieux
Qu'une vaine constance ;
Hylas, ouvrés les yeux.

Quand l'Amour nous appelle,
S'il nous prescrit un nouveau choix,
Volons à sa voix.

Une ardeur nouvelle
Doit nous enflâmer :
Laissons-nous charmer.
C'est être fidele
Que toûjours aimer.

HYLAS.

Abandonné par celle que j'adore
Ah, faut-il que l'Amour me force à la servir!

CÉPHISE.

Et si, plus insensible au feu qui vous dévore,
Elle aimait un berger...

HYLAS.

Je la voudrais haïr ;
Mais mon cœur l'aimerait encore.

CÉPHISE.

Eh bien, forme de vains desirs,
Hylas, brûle pour ta bergere.
Ce n'est qu'en amusant que l'on parvient à plaire :
L'ennui toûjours suit les tristes soûpirs.

L'Amour doit avoir en partage
La legereté de Zéphir.

Toûjours rïant, souvent volage,
Comme lui, changer & jouïr :
Sans les charmes du badinage,
Serait-il le dieu du plaisir ?

SCÈNE SIXIÈME.

HYLAS, *seul.*

AMOUR, si tu te plais à ma douleur mortelle,
Si les maux d'un cœur tendre ont pour toi des appas ;
Quels maux, quelle peine cruëlle
Reserves-tu pour punir les ingrats ?

SCÈNE SEPTIÈME.

EUCHARIS, HYLAS.

HYLAS, *à* EUCHARIS *qui paraît & veut, en voyant* HYLAS, *rentrer dans le bosquet de* FLORE.

EN vain vous évités le malheureux Hylas;
Vous m'enviiés en vain la douceur de me plaindre.
Quand on n'est plus aimé, que reste-t-il à craindre?
Partout je veux suivre vos pas.

EUCHARIS.

Ingrat, cessés de vous contraindre:
Allés vivre heureux, loin de moi,
Si l'on peut être heureux en trahissant sa foi.

HYLAS.

Moi, vous trahir? hélas! je vous adore.

L'Amour, qui m'impôsait un exil rigoureux;
Me conduit, pour vous ſeule, à la fête de Flore :
Eucharis & l'Amour voilà mes premiers dieux.

J'ai voulu vous revoir encore ;
Vous peindre ma conſtance, en offrant à vos yeux
Ma guirlande à la votre unie.

EUCHARIS, *lui montrant l'autel.*

A la mienne ! regarde, & vois ta perfidie.

HYLAS, *appercevant ſa guirlande jointe à celle de* CÉPHISE.

Quelle barbare main a pu tromper mes feux?

*(S'approchant plus près de l'autel & voyant la guirlande d'*EUCHARIS *jointe à celle d'un autre berger.)*

Mais que vois-je? o douleur mortelle!
Puis-je le croire? j'en frémis!
Votre guirlande jointe à celle de Daphnis...
Dieux! est-ce donc à vous, cruëlle,
De m'accuser d'être infidele?

EUCHARIS.

Ce n'était pas assés de ta légereté:
Cet artifice est ton ouvrage.

HYLAS.

Qu'entends-je, grands dieux! quel outrage!
Vous croyés.....

EUCHARIS.

Laîsse-moi gémir en liberté.
Je ne veux plus entendre un perfide, un parjure.

(*Elle veut sortir.*)

(*On entend une douce simphonie.*)

Mais quels accents mélodïeux!
L'air, plus pur & plus frais, rajeunit la verdure:

Le feuillage s'anime & répand dans ces lieux,
Avec un doux murmure,
Mille parfums délicïeux.

HYLAS.

C'est Flore qui paraît. Elle prévient mes voeux.

SCÊNE HUITIÈME.

FLORE, EUCHARIS, HYLAS.

l'HIMEN, l'AMOUR, *les* JEUX
& *les* PLAISIRS.

(FLORE *descend dans un char de fleurs.* *l'*HIMEN *&* *l'*AMOUR *sont à ses côtés : les Plaisirs & les Jeux sont sur un second plan.)*

FLORE.

GOûtés le prix d'une égale constance.
Céphise en vain voulut vous désunir :
Le ciel trompe son esperance.
Votre bonheur doit assés la punir :
Ce sera ma seule vengeance.

EUCHARIS *&* HYLAS, *à* FLORE.

Notre reconnoissance
Égale le bonheur dont nous allons jouïr.

F L O R E, *toûjours dans son char, d'où l'*A*MOUR* & *l'*H*IMEN, les Jeux* & *les Plaisirs descendent.*

Sensibles à votre tendresse,
Avec moi, l'Himen & l'Amour
Et les Plaisirs, qui vous suivront sans-cèsse,
Viennent vous unir en ce jour.

E U C H A R I S, *à* H*YLAS.*

Pour jamais à toi je m'engage.

H Y L A S.

J'enchaîne, pour jamais, le bonheur sur mes pas.
Non, jamais à d'autre appas
Je ne porterai mon hommage.

E U C H A R I S.

Non, mon cœur ne changera pas :
Non, tu ne peux être volage.

F L O R E.

Que ces lieux soient changés en des jardins charmants.
Qu'on y respire une volupté pure.
Tout doit jouïr dans la nature
De la félicité de deux parfaits amants.

(*Elle part.*)

(*Le théâtre représente les jardins les plus riants.*)

SCÊNE NEUVIÈME & DERNIÈRE.

EUCHARIS, HYLAS.

l'HIMEN, l'AMOUR, *les* JEUX *les* PLAISIRS, BERGERS, BERGERES, PASTRES, & PASTOURELLES.

(*On danse.*)

EUCHARIS, HYLAS & *le* CHŒUR.

QUE nos chants, que nos jeux répondent
à nos cœurs,
Pour célébrer notre aimable immortelle.
Que notre ardeur soit digne d'elle,
Et renaîsse comme ses fleurs.

Nos jours, sous son rïant empire,
N'ont que des moments pleins d'at-
traits.
Chantons le plaisir qu'elle inspire,
Chantons sa gloire & ses bienfaits.

(*On danse.*)

EUCHARIS.

Jeunes beautés, que l'Amour vous éclaire:
L'art d'enflâmer n'offre qu'un faux honneur.
Il vous égare, & le seul don de plaire
N'est qu'un plaisir, & jamais un bonheur.
Enchaînés-vous par des liens durables:
Pour votre cœur le bonheur est certain.
Ne craignés pas d'en être moins aimables:
Plaire & charmer c'est-là votre destin.

(*On danse.*)

HYLAS.

Des dons brillants de Flore
Le doux printems emprunte ses attraits:
Ainsi le dieu charmant que l'univers adore
A la beauté doit tous ses traits.

C'est elle qui porte en nos âmes
Le sentiment & les desirs.
Un seul de ses regards sur nous lance les flâmes
Du dieu, que suivent les plaisirs.

(*Un Divertissement géneral termine cette Pastorale.*)

FIN.

www.ingramcontent.com/pod-product-compliance
Ingram Content Group UK Ltd.
Pitfield, Milton Keynes, MK11 3LW, UK
UKHW021203230726
13926UKWH00001B/270

9 782014 452501